Vente du Samedi 31 Janvier 1863

TABLEAUX ANCIENS

AQUARELLES MODERNES

TAPISSERIES ET MEUBLES ANCIENS

M. Ch. PILLET, Commissaire-Priseur

M. Ferd. LANEUVILLE, Expert

Paris. Imp. PILLET FILS AÎNÉ, rue des Grands-Augustins, 5.

CATALOGUE

D'UNE RÉUNION DE JOLIS

TABLEAUX

ANCIENS

Des Écoles italienne, allemande et française

AQUARELLES MODERNES

TAPISSERIES & MEUBLES ANCIENS

DONT LA VENTE AURA LIEU

APRÈS DÉCÈS DE

M. LE M^{IS} DE SOYECOURT

HOTEL DROUOT, SALLE N° 2

Le Samedi 31 Janvier 1863

À DEUX HEURES PRÉCISES

Par le ministère de Me **CHARLES PILLET**, Commissaire-Priseur,
rue de Choiseul, 11,

Assisté de M. **Ferdinand LANEUVILLE**, Expert, rue Neuve des Mathurins, 73

Chez lesquels se distribue le présent Catalogue.

EXPOSITION PUBLIQUE

Le Vendredi 30 Janvier 1863, de une heure à cinq heures.

CONDITIONS DE LA VENTE

Elle sera faite au comptant.

Les adjudicataires payeront *cinq pour cent* en sus des enchères, applicables aux frais.

PARIS. — IMP. PILLET fils aîné, rue des Grands-Augustins, 5.

DÉSIGNATION

DES TABLEAUX

BAROCHE

1 — L'Annonciation. (Cuivre.)

BOUCHER

2 — Portrait de la comtesse d'Artois. (Esquisse.)
Elle est debout, vêtue de rose, et tient une lettre à la main.

BOUCHER (Attribué)

3 — Portrait présumé de la reine Marie-Antoinette dans sa
jeunesse.

Ses cheveux sont relevés et poudrés ; un ruban bleu à
coques entoure son cou ; le corsage de sa robe est en ve-
lours bleu garni de guipure.

BREUGHEL (J.) (Signé)

4 — Paysage.

Sur un chemin conduisant à un bois, plusieurs chariots
circulent ; les uns portent des voyageurs, et d'autres des
marchandises que quelques cavaliers accompagnent. A
gauche, sur un monticule, au bord du chemin, se dresse
un moulin à vent ; à droite, un paysan conduit un troupeau de vaches.

BREUGHEL

5 — Paysage maritime.

BREUGHEL

6 — Fête villageoise.

BREUGHEL et BALEN (Van)

7 — Bacchus, des Nymphes et des Amours.   (Cuivre.)

BRIL (P.) (Signé)

8 — Sainte Madeleine en prière.   (Cuivre.)

CHARDIN

9 — La Visite à la nourrice.
Avec une très-jolie bordure ancienne.

CHARDIN

10 — Fleurs dans un pot.

CORRÉGE (D'après)

11 — Le Mariage de sainte Catherine.

CRANACK

12 — Portrait de femme les mains jointes.

DEHEEM

13 — Du raisin, des abricots, des cerises, un citron et un homard déposés sur une table.

DELEN (Van) et TENIERS

14 — Vue de la cour d'un palais.

> Différent groupes de personnages de distinction se promènent sous les arcades du palais. Sur le premier plan, un seigneur, donnant la main à sa femme, est suivi de deux pages, dont l'un porte la queue de la robe de sa maîtresse, et l'autre tient un lévrier en laisse. Un pauvre enfant implore leur pitié.
>
> Les figures principales sont peintes par Téniers.

DYCK (Van) (Attribué)

15 — Tableau votif. — Vue intérieure d'une église.

> Au premier plan, les donataires et leurs enfants sont représentés près d'un tombeau.

FRAGONARD (Signé)

16 — La Leçon de musique.

Une jeune femme, assise devant un clavecin, prend une leçon de son maître, debout à côté d'elle. Elle est nu-tête et la poitrine découverte ; sa jolie taille est dessinée par un corsage bleu dont les manches sont tailladées à l'espagnole ; une jupe en soie rayée rouge et blanc complète son élégante toilette.

A ses pieds est couché un lévrier.

FRAGONARD

17 — Le Message amoureux.

Une jeune et charmante femme, dans un coquet ajustement blanc, et coiffée d'un bonnet orné de plumes blanches et de rubans roses, est nonchalamment assise sur un petit canapé de soie bleue. Elle vient de recevoir une lettre et un portrait qu'elle contemple avec attendrissement ; sa suivante, sa confidente sans doute, se penche pour voir le portrait.

Près d'elle un guéridon et un livre.

FRAGONARD

18 — Une jeune et jolie femme dans le galant costume de l'époque, jupe rayée à falbalas, chapeau volumineux

posé sur le haut de la tête, est à sa toilette ; elle tient un flacon d'une main et de l'autre son mouchoir. Elle semble donner un ordre à une servante placée derrière elle.

FRANCIA

19 — La Sainte Vierge, couverte d'un manteau rouge, embrasse tendrement l'Enfant Jésus, qu'elle tient dans ses bras. Plus loin, à travers une croisée, on aperçoit un paysage montagneux.

GREUZE (Attribué)

20 — La Fille séduite.

Elle est assise sur son lit. Ses traits expriment la douleur. Son corsage entr'ouvert laisse voir sa poitrine, que recouvrent en partie ses cheveux tombant en désordre. A ses pieds, une rose brisée et une montre.

HOBBEMA (Attribué)

21 — Paysage. A gauche, un moulin alimenté par un cours d'eau vivement éclairé par le soleil ; à droite, sur un chemin, plusieurs voyageurs : l'un d'eux se repose assis sur un tronc d'arbre.

MEULEN (Van der)

22 — Vue du château de Chambord.

Sur le premier plan, Lous XIV à cheval, entouré des seigneurs de sa cour, est surpris par un orage ; un page lui présente un manteau.

Ce tableau est gravé et provient de la collection de M. de Villers.

NATTIER

23 — Les Filles de Louis XV.   (Esquisse.)

L'une tresse une guirlande de fleurs ; l'autre est assise et tient un petit chien sur ses genoux.

PATER

24 — Repos dans un parc.

Une jeune femme en déshabillé blanc, que recouvre un manteau de soie rose, est placée au centre du tableau ; elle tient un éventail et se tourne vers un homme assis à ses côtés. Un peu en avant, une femme en jupe de soie rayée joue de la vielle ; un jeune seigneur, coiffé d'une toque, l'accompagne sur la flûte.

D'autres groupes, assis et debout, complètent cette

composition, qu'embellit un joli paysage s'étendant au loin.

PORBUS

25 — Portrait de Charles-Quint.

Il est coiffé d'une toque ; l'ordre de la Toison d'or se détache sur son costume noir. Il porte une longue barbe ; ses deux mains sont appuyées sur une table.

PORBUS

26 — Portrait d'une princesse du temps de Henri II.

C'est une jeune et jolie femme ; ses cheveux blonds ondulés retiennent un rang de perles et de pierreries surmonté d'une couronne.

Elle est vêtue d'une robe juste et montante en satin gris brodée d'or ; un double rang de perles tombe jusqu'à sa ceinture.

PORBUS (Attribué)

27 — Portrait de Henri II.

Il porte un costume noir brodé d'or, et il est coiffé d'une toque garnie de perles et d'une plume blanche.

RAPHAEL (D'après)

28 — Sainte Famille.

> Sainte Anne soutient saint Jean, qui offre un oiseau à l'Enfant Jésus, assis sur les genoux de sa mère.

RAPHAEL (D'après)

29 — La Vierge tenant l'Enfant Jésus sur ses genoux; saint Joseph les contemple.

ROTTENHAMER

30 — Sainte Madeleine pénitente.   (Marbre.)

RUBENS

31 — Sainte Thérèse, agenouillée devant Notre-Seigneur, prie pour les âmes du purgatoire.   (Esquisse.)

RUBENS (Signé, daté 1617) et PAUL BRIL

32 — Sujet mythologique.   (Cuivre.)

RUBENS (Attribué)

33 — La Sainte Vierge, assise devant le portique d'un palais,
soutient son divin Fils dans ses bras; saint Joseph est
debout près d'eux. Saint Martin, tenant sa crosse,
les contemple avec adoration; au-dessus plane une
gloire d'anges.

R. V. L. (Signé, daté 1647)

34 — Le Docteur et sa femme.

Ils sont debout, habillés de noir. Sur une table couverte d'un tapis rouge, une tête de mort et un sablier.

TENIERS (Ab.)

35 — Un paysan et sa femme chassent devant eux plusieurs
vaches et se dirigent vers un village qu'on aperçoit
à droite. Au premier plan, un pâtre, couché à terre,
garde un troupeau de moutons et de cochons.

Mᵐᵉ VALLEYER COSTER

36 — Fruits et fleurs posés sur un plat.

MME VIGÉE LEBRUN

37 — Portrait de la princesse de Lamballe.

Elle est poudrée, coiffée de petites boucles desquelles s'échappent ce qu'on appelait des repentirs, et qui retombent sur un fichu d'organdi rayé croisé sur sa poitrine. Un vaste chapeau de paille, orné de plumes blanches et de rubans, est posé sur sa tête.

Un bouquet de fleurs habilement touché est attaché au milieu du corsage de sa robe, en soie mordorée.

ÉCOLE ITALIENNE

38 — Sujet religieux.

L'Enfant Jésus, sur les genoux de sa mère, présente une couronne à une religieuse prosternée devant lui; des saints et des saintes les entourent. Au-dessus d'eux, une gloire d'anges tenant des fleurs.

ÉCOLE ITALIENNE

39 — Le Baptême de Jésus-Christ.

ÉCOLE FRANÇAISE

40 — Portrait de femme.

> Un collier de perles orne son cou ; elle est drapée d'un manteau rouge.

ÉCOLE ALLEMANDE

41 — Portraits de plusieurs princes et princesses d'une branche régnante d'Allemagne.   (Cuivre.)

ÉCOLE GOTHIQUE

42 — La Sainte Vierge, assise sur un trône richement sculpté, tient son divin Fils dans ses bras.

LEBRUN (D'après)

43 — La Famille de Darius aux pieds d'Alexandre.

(Gouache.)

44 — Un album contenant des aquarelles par F. David, Leloir, Fragonard; deux éventails, par Lancret; A. Delacroix, Watelet, Charlet, Ch. Ramelet, Henri Dorschevillier; le portrait du duc de Bourbon; le portrait de madame la duchesse de Berri et de son fils enfant; H. Bellanger.

45 — L'Assomption.   (Cuivre repoussé et doré.)

46 — L'Ascension.   (Cuivre repoussé et doré.)

47 — Le Christ en croix.   (Cuivre repoussè et doré).

48 — Sujet de chasse.

49 — Sous ce numéro seront vendus divers objets, tels que tapisseries, meubles anciens, etc., etc.

SUPPLÉMENT

A la Vente du Samedi 31 Janvier 1863

Exposition Vendredi 30. Salle 2

M⁰ Charles PILLET	M. Ferd. LANEUVILLE
COMMISSAIRE-PRISEUR	EXPERT

DÉSIGNATION

TABLEAUX

BOUCHER.

50 — Le Réveil de la sultane.

B. DERVAL (signé).

51 — Cléopâtre.

ÉCOLE FRANÇAISE.

52 — Joseph et Putiphar.

ÉCOLE DU CORRÈGE.

53 — Médée.

AQUARELLES

BAKHUYSEN.

54 — Troupeau dans une prairie.

BODINIER (Rome, 1832).

55 — Femme romaine.

ÉCOLE ITALIENNE.

56 — Trois bustes de femmes, costumes italiens.

MINIATURES

Mme RENAUDIN (d'après PRUDHON)

57 — Zéphir.

GREUZE (d'après).

58 — La Cruche cassée.

INCONNU.

59 — Femme au bain.

INCONNU.

60 — Le Jugement de Pâris.

SABATIER.

61 — Trois portraits de femmes.

DE BOISSIEUX (signé).

62 — La Lecture. Encre de Chine.

CURIOSITÉS

63 — Deux Chinois jouant aux cartes. (Ivoire.)

DENIÈRE.

64 — Bacchus. (Bronze.)

FOYATIER (1832).

65 — Spartacus. (Bronze.)

TRIQUETTI.

66 — Un poignard. (Bronze.)

67 — Deux flambeaux dorés.

68 — Quatre petits bronzes sur socles en malachite.

69 — Deux petites lampes en bronze.

70 — Réduction du tombeau de Scipion. (Marbre de Sienne.)

71 — Deux pistolets de Baucheron.

72 — Un bloc de malachite sur socle en marbre.

PARIS. — IMP. PILLET fils aîné, rue des Grands-Augustins, 5.

RED. :

18

0 1 2 3 4 5 6 7 8 9 10

BIBLIOTHEQUE
NATIONALE
DE FRANCE

****

CHATEAU
DE
SABLE
1995